IMPRESSUM

Herausgeber

MEDI-LEARN Verlag GbR
Hamburger Chaussee 345, 24113 Kiel
Tel. 0431/ 78025-0
E-Mail: cartoons@medi-learn.de

Cartoons

Daniel Lüdeling

Redaktion

Christian Weier, Jens Plasger, Christian Gottschalk, Anastasia Pfeffer, Sabine Herold, Cornelia Krämer

Layout

Kristina Junghans, Jan Ole Gatzert

Satz

Anastasia Pfeffer, Christian Gottschalk, Kristina Junghans, Fritz Ramcke

Druck

Löhnert-Druck

ISBN: 978-3-95658-115-1

Vorwort

Wie schon sein Vorgänger ist das Cartoonbuch 13 während der doch turbulenten und langanhaltenden Pandemiezeit entstanden. Für uns alle war und ist dies eine prägende Zeit.

Doch gerade in diesen Zeiten sind Momente zum Lächeln und Freuen so wichtig. Wir hoffen daher, dass wir mit unseren Cartoons wieder ins Schwarze treffen, euch den ein oder anderen Lacher entlocken können und der Humor zwischendurch nicht zu kurz kommt.

Wir versuchen Jahr für Jahr alle Anhänger und Anhängerinnen des Blaulichtmilieus mit unserem bunten Cartoon-Sammelsurium abzuholen und freuen uns, von euch zu hören, in welchen Cartoons ihr euch wiederfindet oder welche Cartoonideen ihr noch habt.

Teilt diese Geschichten und Ideen unbedingt mit uns und unserer Community in den sozialen Medien über **#MEDILEARNCARTOON** oder schreibt uns gern eine E-Mail an cartoons@medi-learn.de. Wir freuen uns über jede Rückmeldung!

Mit der diesjährigen Sammlung haben wir hoffentlich wieder alle Aspekte der Notfallmedizin eingefangen.

Viel Freude mit der grünen Lektüre und vielen Dank für eure Treue.

Bleibt weiterhin gesund.

Daniel Lüdeling Christian Gottschalk

Vorstellung Cartoonist Daniel Lüdeling

Geboren am 30. Dezember 1974 in Garmisch-Partenkirchen und aufgewachsen in Ostwestfalen, entdeckte Daniel Lüdeling erst im zarten Alter von 14 Jahren seine Begeisterung für Comics und Cartoons. Zu dieser Zeit investierte er fast sein gesamtes Taschengeld in den Erwerb hochwertiger Comicalben aus dem Hause Carlsen: Tim und Struppi von Hergé, Spirou und Fantasio von Franquin oder weitere großartige Zeichner der französisch-belgischen Szene. Noch heute füllen diese Cartoonalben mehrere Regale in seinem Haus in Bielefeld.

Irgendwann erfüllte ihn der reine Konsum lustiger Bildgeschichten nicht mehr und so landete er schließlich im Redaktionsteam der jungen Schülerzeitung „West-Side-Story“. Diese (übrigens später in „Virus“ umbenannte) Zeitung feierte 1984 in der Anne-Frank-Gesamtschule Gütersloh ihre erste Auflage und bot dem Zeichner eine kreative Spielwiese. Erste Figuren entstanden, aus Strichmännchen wurden Charaktere und inspiriert durch die zahlreichen Comics, wurde einfach viel ausprobiert.

Mit dem Abitur 1995 hatte Daniel Lüdeling einen eigenen Zeichenstil entwickelt, der ein recht hohes Maß der Widererkennung bot: dicke Eieraugen mit einer runden Knubbelnase und diesem viel zu großen Mundwerk. Zum Glück nicht äußerlich, aber ganz sicher thematisch, passten sich die Figuren dem weiteren Werdegang ihres zeichnerischen Vaters an. In der Ausbildung zum Rettungssanitäter beim Bielefelder ASB erlebten die Cartoonfiguren plötzlich wilde Abenteuer in roten Jacken und mit Blaulicht, nur um kurz darauf im weißen Kittel durch die Mühlen des Medizinstudiums gedreht zu werden. Gemeinsam mit Daniel erreichten die Cartoons 2002 die ärztliche

Approbation, um fortan den Arbeitsbereich der Anästhesie, Intensiv- und Notfallmedizin unsicher zu machen. Die Marke „Rippenspreizer" war geboren und die Cartoons traten ihren Siegeszug durchs damals noch recht junge Internet an.

Ungefähr zu dieser Zeit ergab sich eine gute Kooperation mit MEDI-LEARN, einem sympathischen und zukunftsorientierten Unternehmen, welches schon früh verstanden hatte, dass gute Medizin immer auch eine Portion Humor benötigt. Und so entwickelte sich über den „Rippenspreizer" die Marke MEDI-LEARN Cartoons. Alle Cartoons werden nach wie vor von Daniel Lüdeling gezeichnet und koloriert. Seit 2016 entstehen alle Cartoons mit Adobe Draw bzw. Illustrator auf dem iPad Pro. In einem nächsten Schritt werden die Cartoons vom MEDI-LEARN-Team in Kiel für weitere Aufgaben aufbereitet und zum Beispiel in diesem Buch veröffentlicht. Mit einer Mitgliedschaft im Cartoon-Premium unterstützt du diese Arbeit und hilfst uns, den Spaß und Humor in der Medizin am Leben zu erhalten.

Mehr dazu erfährst du unter:
www.medi-learn.de/premium

Heute lebt Daniel Lüdeling gemeinsam mit seiner Frau, zwei Kindern und einem Hund in Bielefeld.

Er ist zwar Facharzt für Anästhesie, Intensiv- und Notfallmedizin, hat aufgrund der unschönen Arbeitsbedingungen den Klinikalltag allerdings 2016 hinter sich gelassen. Neben ein paar Notarztdiensten widmet er sich nun schwerpunktmäßig seinen Cartoons sowie der notfallmedizinischen Aus-, Fort- und Weiterbildung.

Mehr Infos findet ihr hier:

MEDI-LEARN Präklinik
www.medi-learn.de/praeklinik

FaktorMensch
www.faktormens.ch

Alles geben

ICH GEBE IMMER ALLES!
... AUßER BEI DER BLUTSPENDE!
2021

2 Katastrophale Venen

IHRE VENEN SIND EINE KATASTROPHE!!
KATASTROPHEN SCHUTZ!! SIE HATTEN GERUFEN?!

Defi-Alarm

HiHi
BiN GESPANNT, OB TiMO JEMALS WIEDER EiNEN ALARM VERPENNT...
RD

4 Pendeln

ALS GEISTHEILER BIN ICH JA KEIN FREUND DER SCHULMEDIZIN!!
KEIN PROBLEM, DA WERDE ICH SIE EINFACH IN NARKOSE PENDELN...
2021

Im Aufwachraum

NA ENDLICH!
ES IST 2030
UND SIE HABEN
8 JAHRE
GESCHLAFEN!!
2022

6 Affenarzt

SCHON WIEDER BANANEN?! DAS EINZIGE, WAS SIE MIR VERSCHREIBEN SIND BANANEN!
2021

7 Klischees

GUTEN TAG HERR DOKTOR!
BFJ
HALLO DU SÜßE PFLEGEMAUS!
DOC
2021

8 Sprungkissen

… AUF DER KISTE STAND DEFINITIV SPRUNGKISSEN!
SPRUNG-KISSEN
tdh. 2021

9 Abgefahren

IHRE REIFEN SIND GANZ SCHÖN ABGEFAHREN...
IHR BLAULICHT FETZT ABER AUCH GUT !!
POLIZEI
BUL·LE 8
DO-PE 69

Schlafsand

ÄH... DIE GANZEN KUCHENKRÜMEL LANDEN AUF...
SCHLAF-SAND!!
2021

11 Kardinalsymptome der Entzündung

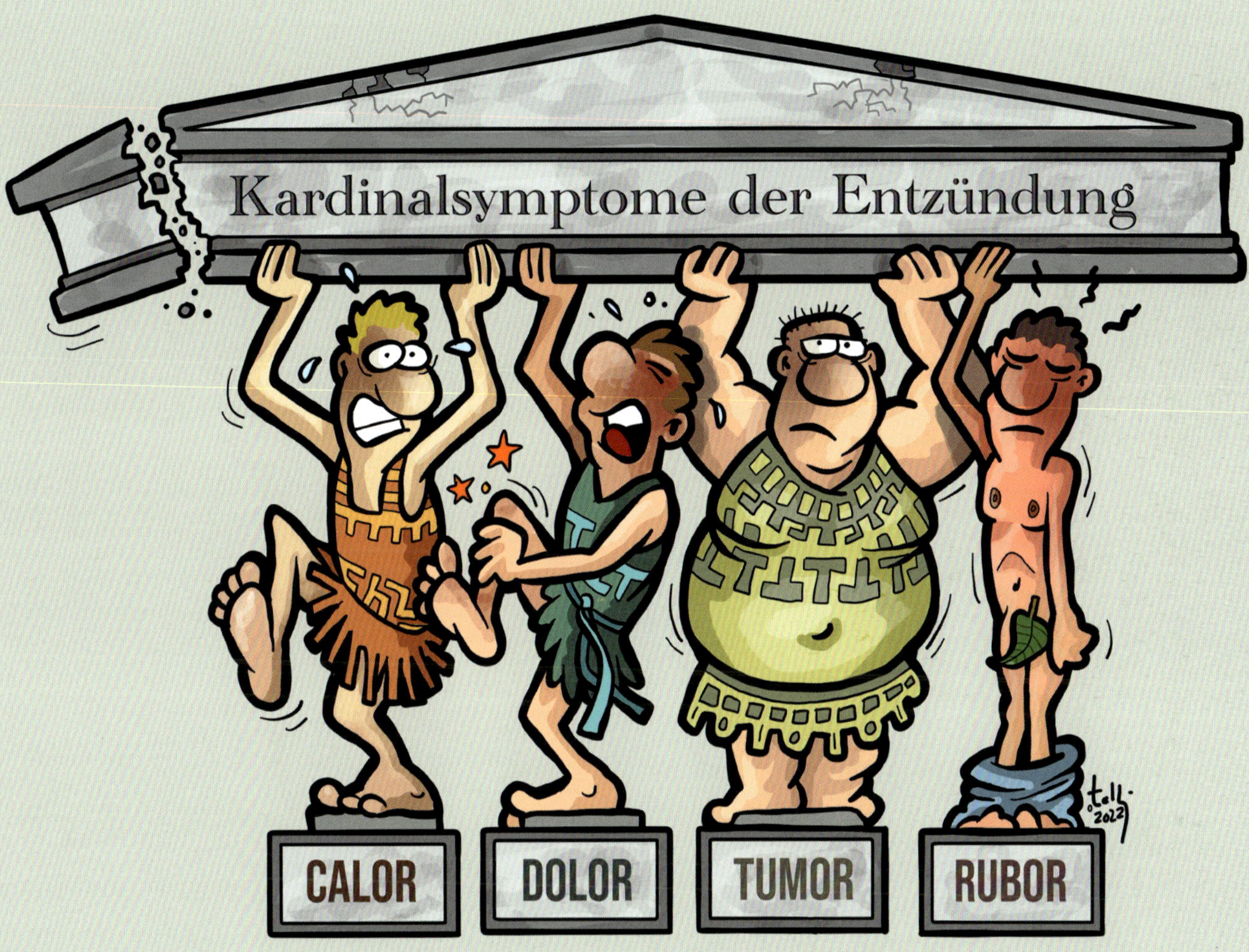
Kardinalsymptome der Entzündung
CALOR
DOLOR
TUMOR
RUBOR

12 Spinalanästhesie

KEINE SORGE, DER KOLLEGE WILL DAMIT NUR PRÜFEN, OB DIE SPINALANÄSTHESIE SITZT!
2021

13 Perioperativ

KANN ICH NOCH ETWAS TRINKEN ?!
NEIN, SIE SIND SCHON QUASI AUF DEM WEG IN DEN OP!
PRÄ OP
3 Stunden später
... ICH HABE ABER ECHT DURST! WANN STARTET DIE OP DENN?
OH, WIR SIND SCHON FERTIG!
POST OP

14 Treiben Sie Sport?

TREIBEN SIE SPORT ?!
ZÄHLT AUCH SEX ?!
ÄHH... JA, AUCH
DANN EHER NICHT !

15 Verschmelzung

WOW, MARCEL IST IN DEN LETZTEN 24 STD. TATSÄCHLICH MIT DEM TV-SESSEL VERSCHMOLZEN...
RD
2021

...UND WENN SIE EIN HELLES LICHT SEHEN - GEHEN SIE NICHT DARAUF ZU!
ICH WERDE SIE HIER WIEDER ABHOLEN!!
2021

Elementarschaden

IN SEINEM ZUSTAND GREIFT DIE KRANKENVERSICHERUNG LEIDER NICHT MEHR...
DA BENÖTIGT IHR MANN SCHON EHER EINE ELEMENTARSCHADEN-VERSICHERUNG!!
PAX
O. Tell 2021

FENTAN
PROPOFOL
ICH KANN ABER EINIGES VERTRAGEN !!
KEIN PROBLEM!
tdh 2021

19 Prognose

TjA, ALSO DIE PROGNOSE IST NATÜRLICH ABHÄNGIG VON SEINER KRANKEN-VERSICHERUNG...
BITTE NICHT FÜTTERN! OA Kasulke
CHECKLISTE
6 EIER ✓
1L. MILCH ✓
BROT! ✗
2021

20 Voodoo

VOODOO-MAGIE ?!
KEIN BEDARF - WIR QUÄLEN VOR ORT!
AAAAAH
tolk 2021

21 Pizzakurier

DER PATIENT WURDE ALS PIZZAKURIER VON EINEM AUTO ERFASST...
UND WAS IST MIT DEN GANZEN PIZZEN PASSIERT ?!
PIZZA BLITZ

RD
POLIZEI
2021

23 Luftrettung

IST ZUFÄLLIG EIN ARZT AN BORD ?!
LUFTRETTUNG

DERMATOLOGEN
KONGRESS
EXIT
IST ZUFÄLLIG EIN ARZT ANWESEND?!
KRÄTZE
CORTISON
tolj 2021

25 Nicht geschminkt

SIE SEHEN JA MIES AUS...
ICH BIN AUCH KRANK UND HABE FIEBER!!
ACH SO, ICH DACHTE, SIE SIND NUR NICHT GESCHMINKT!
tdh 2022

Erster Tag als Ärztin

Mein erster Tag als Ärztin
SEIT TAGEN PLAGEN MICH KOPFSCHMERZEN!
...UND? WAS HAB ICH?!
KOPFSCHMERZEN!
tell. 2021

27 Multifunktionale Simulationspuppe

OKAY, WER VON EUCH KLOTZKORKEN HAT DIESE "MULTIFUNKTIONALE SIMULATIONSPUPPE" FÜR GÜNSTIGE 19,99 € AUF DIE WACHE BESTELLT?!
RETTER 1
RETTER 2
RD
EROTIK-XPRESS

MANN, BIN ICH MÜDE! HABT IHR AUCH SO'N KRATZEN IM HALS ?!
2021

29 Patient auf Stretcher

Lifehack #365

LIFEHACK #365
TRANSPORTSCHEINE MIT DEM CORPULS CPR STEMPELN!!
Trapos

31 Nervige Notärzte

DIE GANZEN KREUZE AM STRAßENRAND ?!
ALLES NOTÄRZTE, DIE MIR AUF DIE NERVEN GEGANGEN SIND.!!
NOTARZT 112
E-K6
R.I.P

ÜBER DIE OSTERTAGE FAHRT IHR EINFACH ALS HÄSCHEN VERKLEIDET!
DIE PATIENTEN WERDEN EUCH LIEBEN...
tolk. 2021

Schlaflos

HERR DOKTOR, ICH KANN NICHT EINSCHLAFEN!
SOLL ICH SIE BEWUSSTLOS SCHLAGEN?
NA

STOPP!!
ES GIBT AUCH ÄRZTE, DIE DAZU EINE ANDERE MEINUNG HABEN!
SCHAUEN SIE SICH MAL DIESES VIDEO AUF YOUTUBE AN...
NA
t.l. 2021

35 Ausatmen

OKAY, VIELLEICHT HABE ICH VERGESSEN "UND WIEDER AUSATMEN" ZU SAGEN...

LACHSE LASSEN SICH NICHT EINFACH ANGELN, WAS?!
JA, BESONDERS DIESE PROPHYLAXE NICHT!
2021

Neulich in der Klinik-Cafeteria

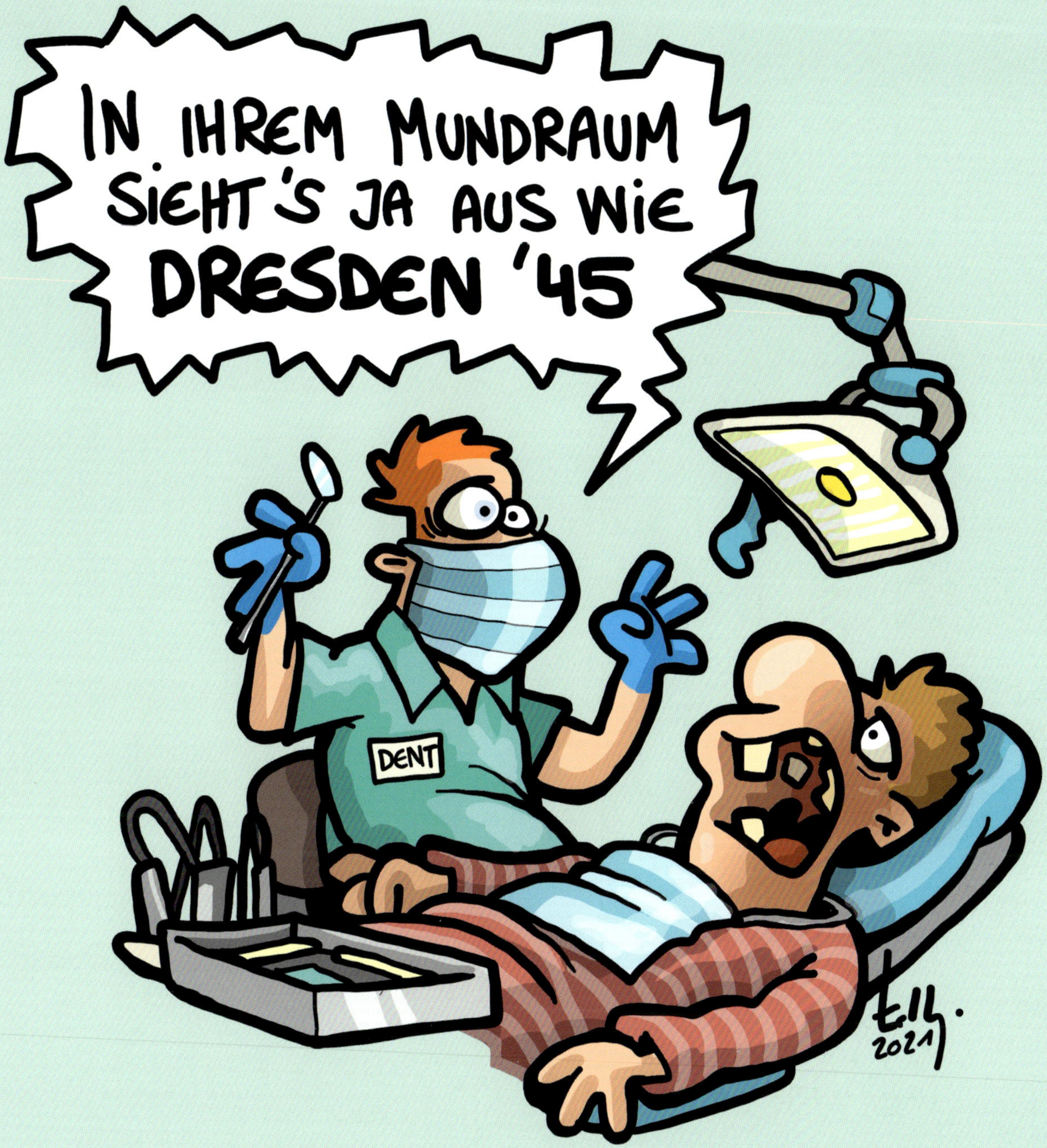
IN IHREM MUNDRAUM SIEHT'S JA AUS WIE DRESDEN '45
DENT
tlh. 2021

39 COPD-Opfer

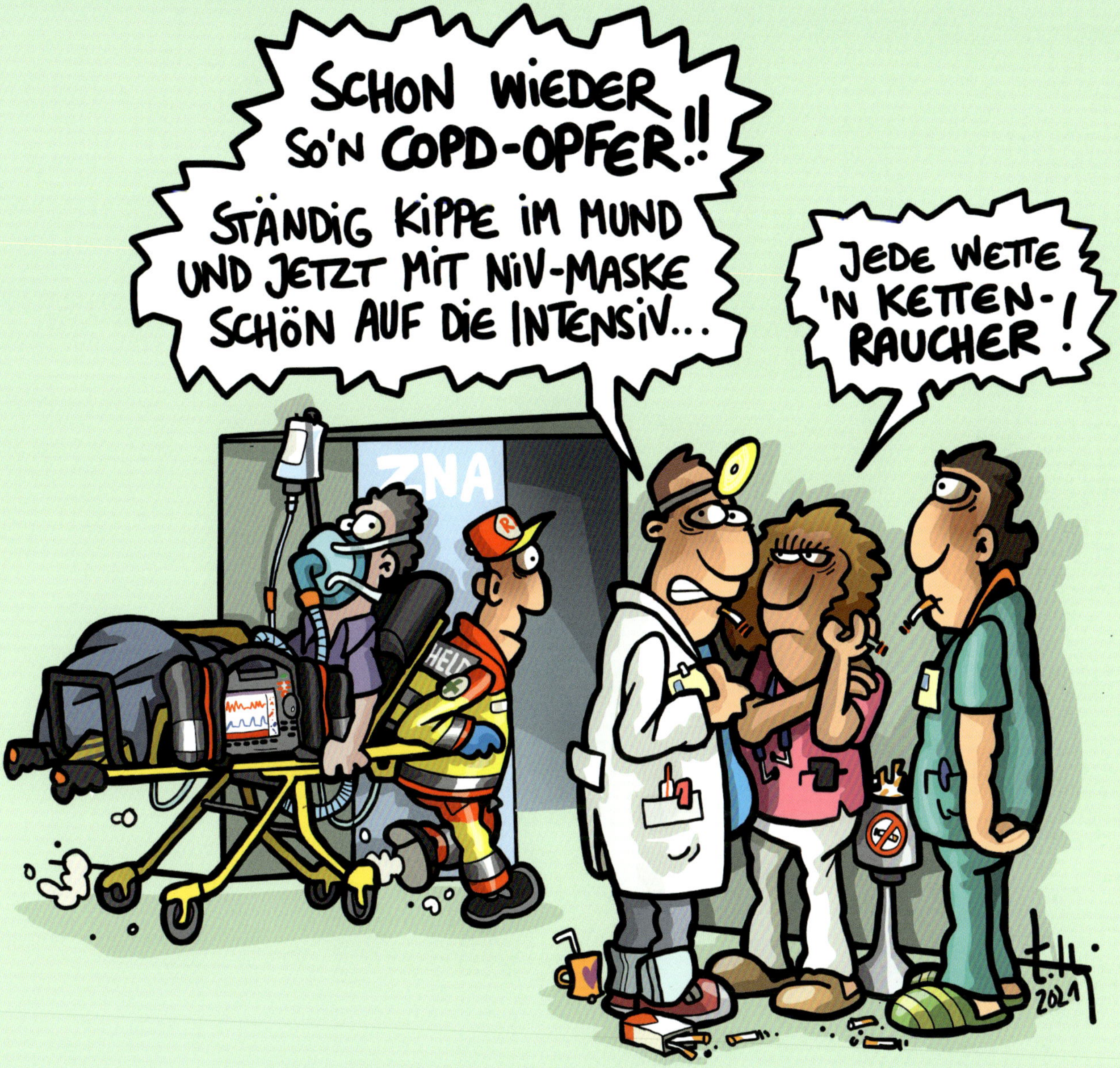
SCHON WIEDER SO'N COPD-OPFER!!
STÄNDIG KIPPE IM MUND UND JETZT MIT NIV-MASKE SCHÖN AUF DIE INTENSIV...
JEDE WETTE 'N KETTEN-RAUCHER!
ZNA

MOMENT!!
VIELLEICHT WILL ER GAR NICHT REANIMIERT WERDEN? LASST UNS ERSTMAL NACH EINER PATIENTENVERFÜGUNG SUCHEN ...
NA
200
2021

41 Sodbrennen

TJA, DER PATIENT KLAGT ÜBER AKUTES SODBRENNEN. ALSO EINDEUTIG ETWAS FÜR EUCH...
tetti 2021

Was machen wir jetzt?

SCAN ME
NA
NA
200
t.lly
2021

ICH WÜRDE GERNE MIT IHNEN INS GESPRÄCH KOMMEN...
PSNV

WAS SOLL DAS HEIßEN "SIE SPÜREN NOCH IHRE BEINE"?!
RD
tolli 2021

45 Einsatz mit Weste

ICH HÄTTE ECHT MAL WIEDER LUST AUF EINEN EINSATZ MIT WESTE!
RD
Orgl
RÜCKENSCHMERZEN!
ENTSCHULDIGEN SIE BITTE, DASS ICH AKTUELL NUR EINE WESTE TRAGE...
RD
Club EROS
2021

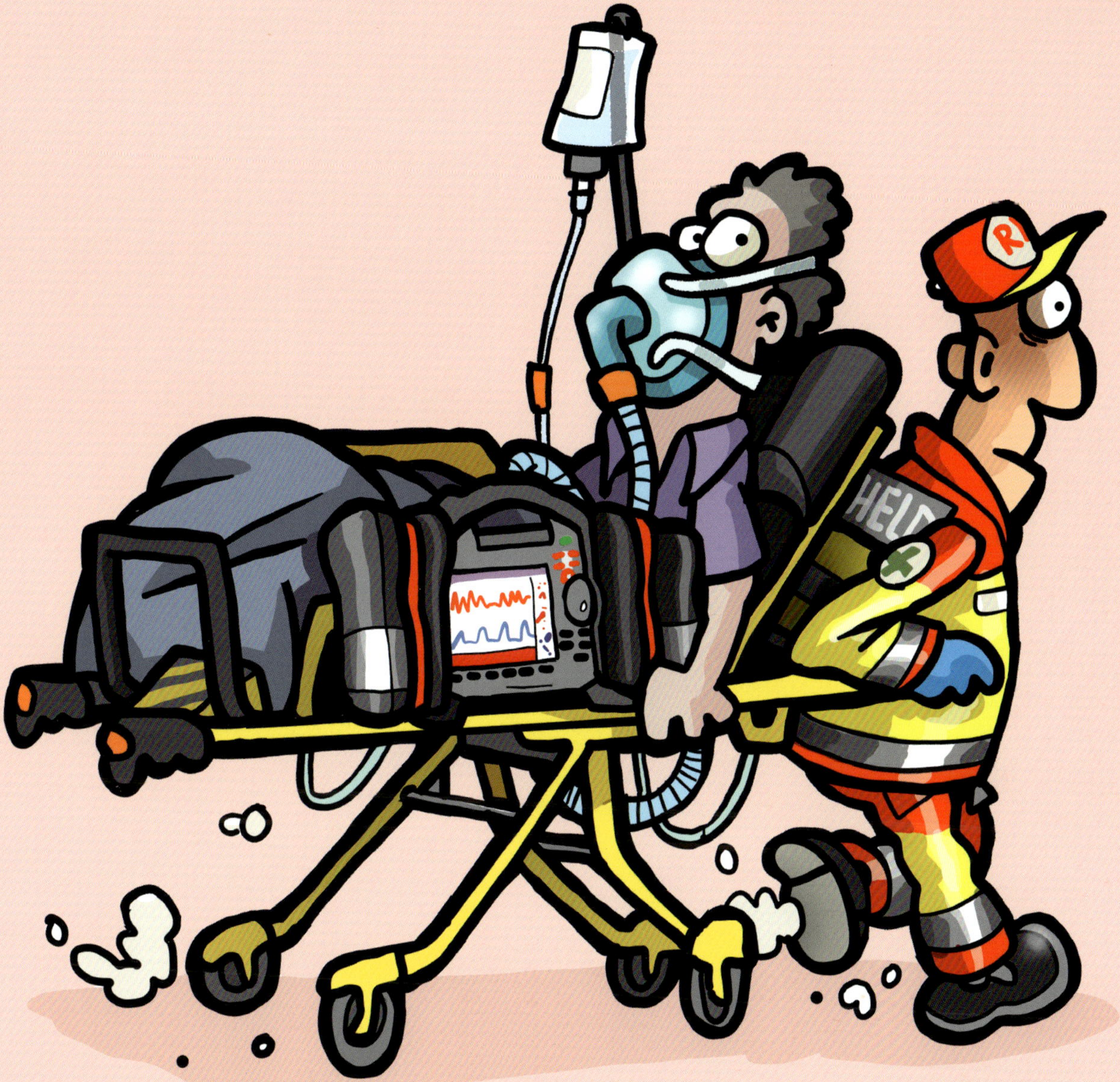

47 Dritte Meinung

ICH WÜRDE MIR GERNE NOCH EINE DRITTE MEINUNG EINHOLEN...
PAX
tolz 2021

NARKOLEPSIE IST HIER EINE BERUFSKRANKHEIT MIT INFEKTIÖSEM AUSMAß...
ZZZZZZZ
2022

49 Genug gekautert

OKAY, WIR HABEN GENUG GEKAUTERT!! DIE BLUTUNG SOLLTE NUN STEHEN...
tolli 2021

Alternativer Schock

DER DEFI-AKKU REICHT LEIDER NICHT MEHR FÜR 'NE KARDIOVERSION! WIR MÜSSEN SIE DAHER WOHL ALTERNATIV SCHOCKEN!!
PAX
2021

51 Atypische Impfreaktion

DAS TRÄGST DU HIER UNTER "ATYPISCHE IMPFREAKTION" EIN
toll 2021

EIN WUNDER, WIE WIR DAS IN DEN GANZEN JAHREN ÜBERLEBT HABEN...
MUND-NASEN SCHUTZ TÖDLICH ?!
MORGELLONEN!!!!!!
HYPOXIE
CO2 VERGIFTUNG
tdz 2021

53 Zu spät

GLAUBST DU NICHT, DASS WIR EIN BISSCHEN ZU SPÄT SIND ?!
8ER TUBUS !!
RD
2021

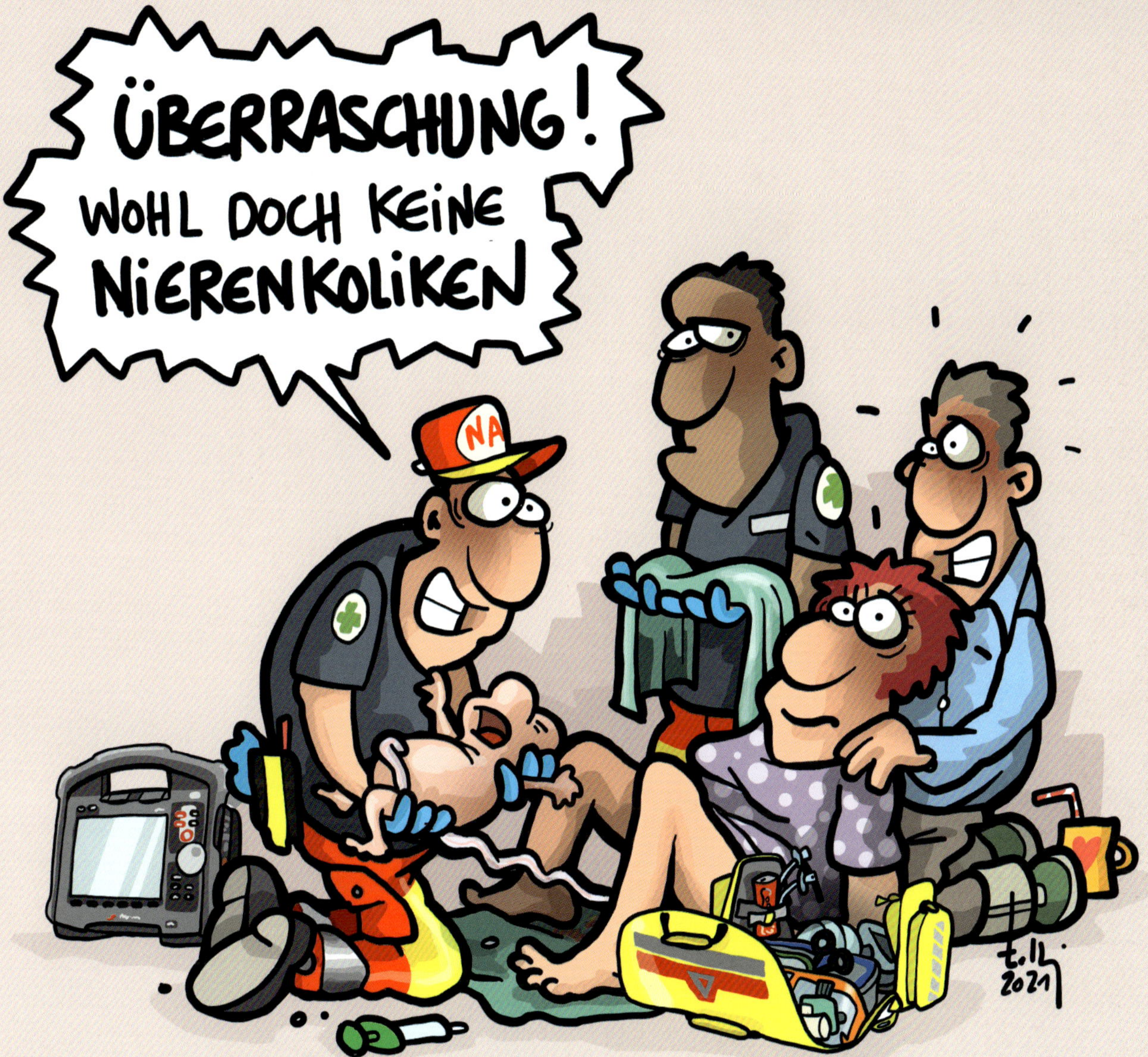
ÜBERRASCHUNG!
WOHL DOCH KEINE NIERENKOLIKEN
NA
t.ll. 2021

55 Organhandel

FÜR SO EINE NIERE GIBT'S RICHTIG KOHLE!
...UND DA SIND SOGAR ZWEI DRIN!!

56 Toilette runterspülen

ICH BIN JA MAL GESPANNT, OB SIE IHN AM ENDE AUCH DIE TOILETTE RUNTERSPÜLEN...
NA
RE
tolly 2021

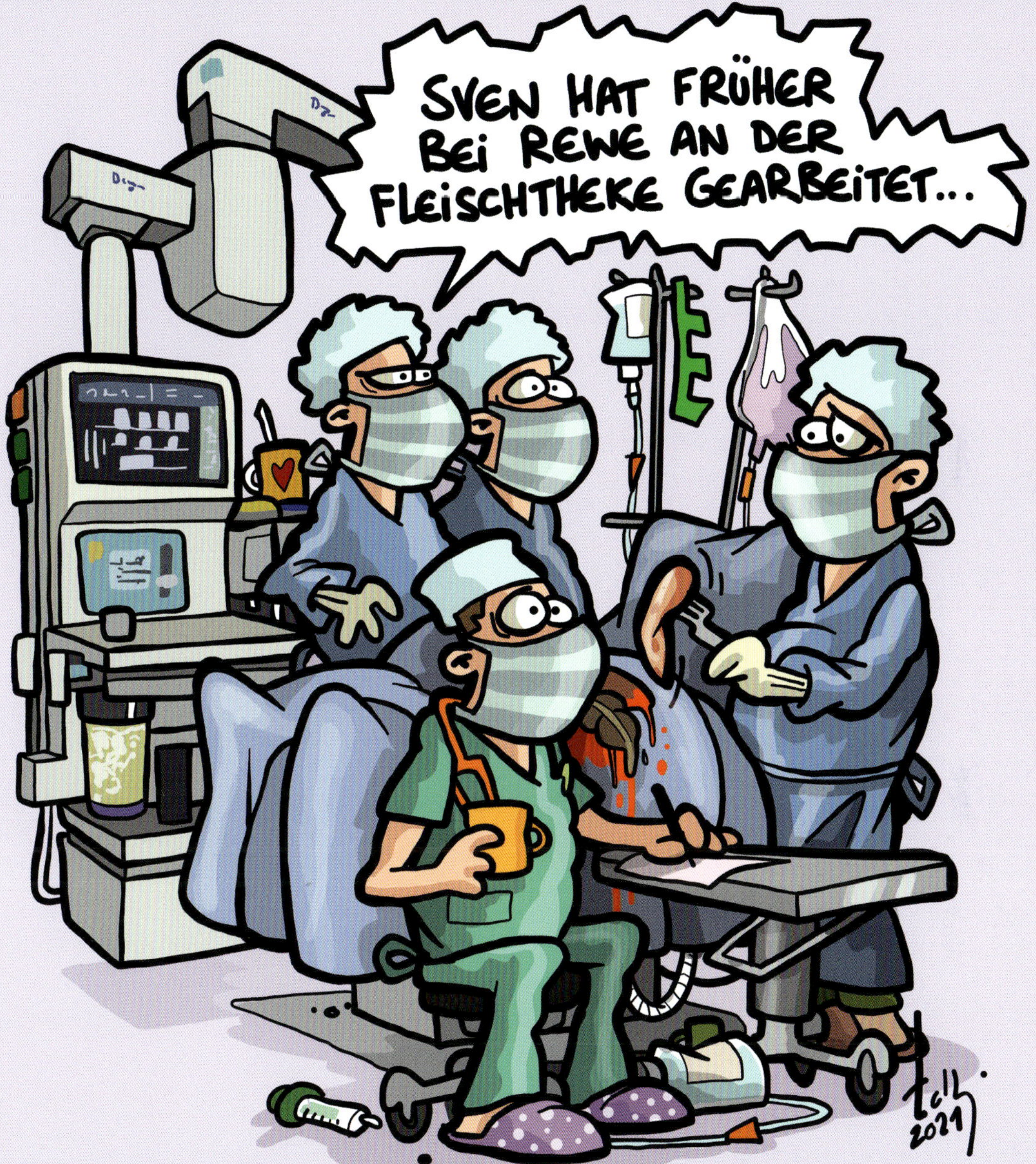
SVEN HAT FRÜHER BEI REWE AN DER FLEISCHTHEKE GEARBEITET...

HERR DOKTOR, ICH HABE DA SO EIN KOMISCHES STECHEN IN MEINER BRUST...
NA
ICH HOLE SCHON MAL DAS CLAMSHELL-SET
2021

59 Superfood: Bananen

WAR KURZ REANIMATIONSPFLICHTIG! WIR VERMUTEN ALS URSACHE EINE HYPOKALIÄMIE.
WAS SCHLAGEN SIE VOR?!
NA
NA
2024

ICH HABE IHN SCHON MAL IM RAHMEN MEINER MÖGLICHKEITEN DEFIBRILLIERT!!
RD
POLIZEI
PAX
tolki 2021

F#&KiNG ANESTHESiA !!

KONIOTOMIE ?!
BIST DU VERRÜCKT? DAS HABE ICH ZULETZT 1996 AUF EINEM VHS-LEHRVIDEO AN DER UNI GESEHEN!!
NA
NFS
telli 2021

63 Neue Beschriftung

...UND SIE SIND SICH SICHER, DASS IHR CHEF DIESE NEUE BESCHRIFTUNG ABGESEGNET HAT ?!
ABSOLUT!
LEBENSBERATUNG UND MED. DIENSTLEISTUNGEN ALLER ART !!!
KUMMER ODER HUNGER? Wähle diese Nummer
112
DER LACK IST AB ?!
Lackierarbeiten aller Art
Schnell & Billig
0-HA

REAGIEREN SIE AUF IRGENDETWAS ALLERGISCH ?!
JA, AUF SITUATIV NICHT ANGEMESSENE FRAGEN...
2021

ZUNÄCHST WERDEN WIR MAL EIN PAAR TESTS MACHEN, UM ZU SCHAUEN, WIE IHRE KRANKENVERSICHERUNG REAGIERT...
Tetti 2021

DIPLOM
ICH BEFÜRCHTE, SIE LEIDEN UNTER EINER Bi-POLAREN STÖRUNG...
2022
ALLE
VERRÜCKT
Psychopath aktuell

SIE HABEN VIEL BLUT VERLOREN...
DIE GUTE NACHRICHT: WIR HABEN ES GEFUNDEN!!
RD
2021

MEINE KAFFEEMASCHINE FUNKTIONIERT NICHT MEHR!!
WIESO HABEN SIE DEN NOTRUF GEWÄHLT?!
HÖREN SIE MIR ÜBERHAUPT ZU?!
tdh 2021

69 Kein TÜV

SORRY, ABER ICH MUSS EUCH DIE KARRE LEIDER STILLLEGEN, WEIL EUER VERBANDSKASTEN ABGELAUFEN IST...
RETTUNGSDIENST
NOTARZT
112
TÜV
MI-ST
tdb 2021

Nerviges Speak-Up

Notarzt Uwe war vom **„Speak-Up“** seines Notfallsanitäters schwer genervt …

71 Camping mit der Feuerwehr

KANNST DU NICHT EINMAL ENTSPANNEN UND DEINEN JOB VERGESSEN ?!

PLOP
PLOING
XLarge

73 Richtige Worte

Uwes Stärke war sein Gespür für die **richtigen Worte** in schwierigen Situationen

WAS WIRD DAS? MACH DAS LICHT WIEDER AN!!
ICH HABE HIER VORNE DAS KLEINE LICHT ANGEMACHT...
DAS IST ETWAS GEMÜTLICHER!
MAG SEIN! ABER ICH KANN SO NICHT OPERIEREN!
2021

Ursprüngliches Meme: @notfall.norbert

TRIAGE "GRÜN" GEHT ERSTMAL INS STOCKBETT!
SANI
MIA
DIE UROLOGIE HAT SICH VERPISST
I ♥ BENZOS
NERDfall medizin
TEE
WICHTIG: TEE-KONSIL
WE ACCEPT ALL CARDS
2021

UNSER BEITRAG ZUM KLIMASCHUTZ
Rettungsdienst
NA
112
RETTUNGSDIENST
RD
tolki 2021

IRGENDWIE GEFALLEN SIE MIR GAR NICHT...
SIE SIND AUCH NICHT MEIN TYP!!
NA
PAX
2022

Pfützenrettung

BEI SO EINER RIESENPFÜTZE HOLEN WIR UNS MAL SCHÖN DIE WASSER-RETTUNG!
RD
2021

JEDE STIMME ZÄHLT!
#BTW2021
KABINE 2
KABINE
BTW
HELD
2021

81 Toter Winkel

UNFALLURSACHE: DER TOTE WINKEL!!
KIEL
HORST
TRA ORT
NFS
2021

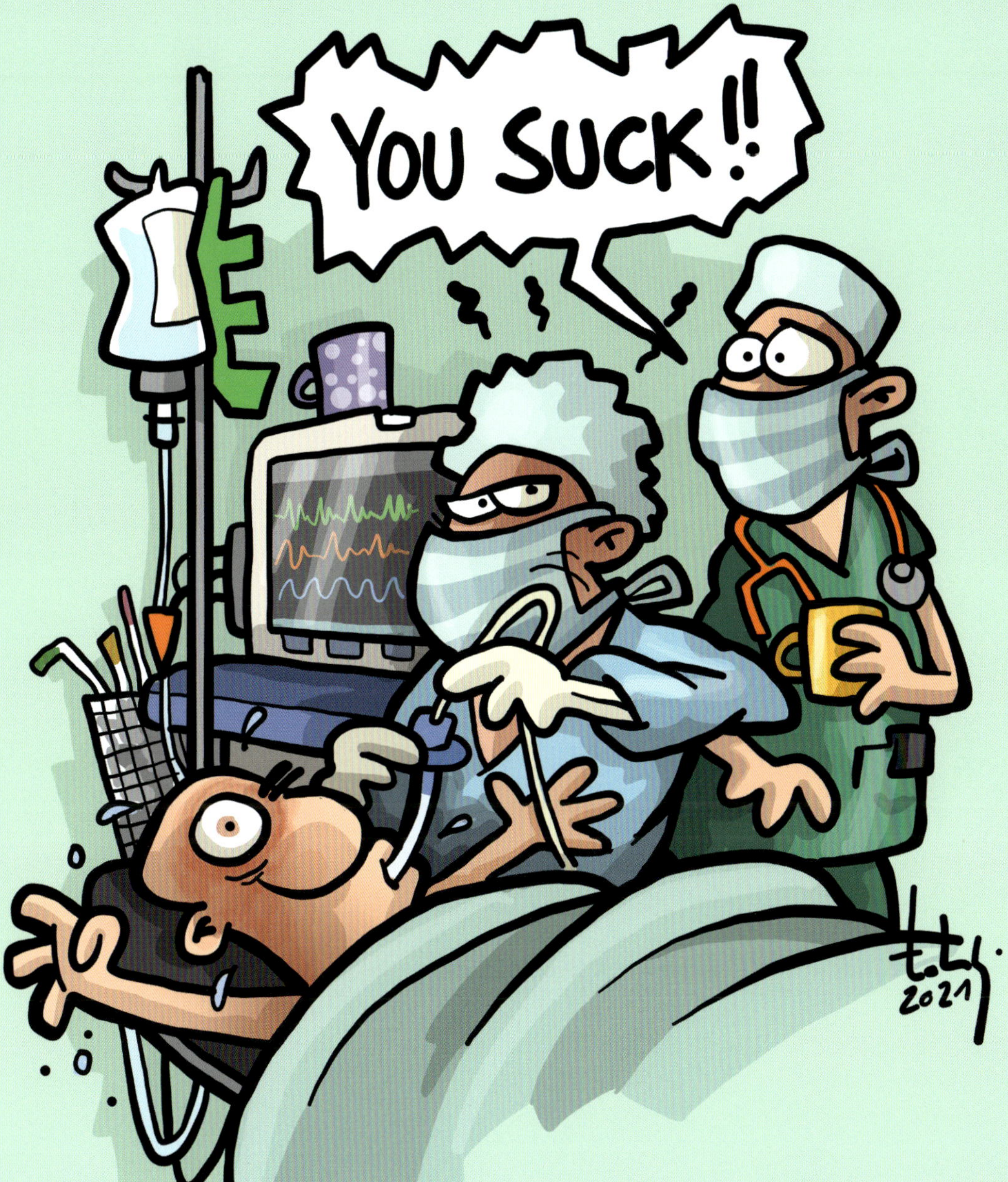
YOU SUCK!!
toth
2021

83 Zwei Arten von Einsätzen

Es gibt zwei Sorten von Einsätzen

BEFOLGEN SIE DOCH EINFACH MEINE ANWEISUNGEN!! WAS STEHT DA ZUM BEISPIEL?
ALSO ICH LESE DA: "GNFZHRBNAZ"
2022

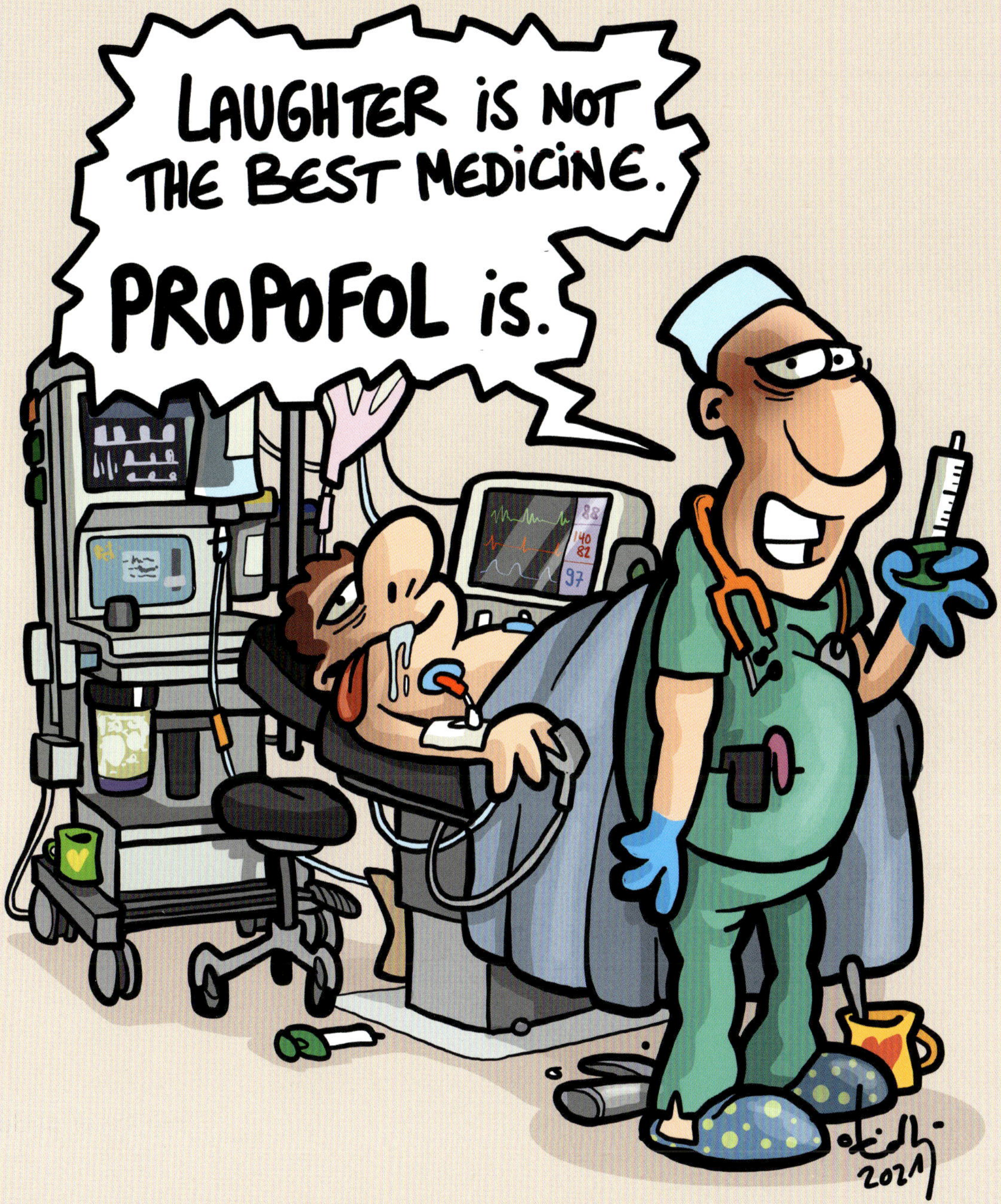
LAUGHTER IS NOT THE BEST MEDICINE.
PROPOFOL IS.
2021

SAUFEN BIS DER ARZT KOMMT !!
NA
NA
2022

DA HABEN SIE SICH JA EINE ORDENTLICHE PYELONEPHRITIS GRAVIDARUM MIT PRURIGO SIMPLEX SUBACUTA EINGEFANGEN!!
tdl. 2021

HIER AUF DER INTENSIVSTATION MÜSSEN SIE ABER TROTZDEM DIESEN BESUCHERKITTEL ANZIEHEN...
2022

89 Doktortitel

I
HILFE! IST HIER ZUFÄLLIG EIN DOKTOR ?!
RÖCHEL
ICH BIN DOKTOR, WAS IST DENN LOS?

II
ICH GLAUBE, ICH HABE EINEN HERZINFARKT!
ICH BIN DOKTOR DER PHILOSOPHIE!

III
OH GOTT, ICH WERDE STERBEN!
STERBEN WIR NICHT ALLE IRGENDWANN ?!
tolli 2022

93 Abführmittel

DER BEWOHNER HAT SEIT 6 TAGEN VERSTOPFUNG UND BEKAM DESHALB ETWAS ABFÜHRMITTEL VON UNS...
WC
S.HIT
SOS
tolli 2021

HALLO... TELE-NOTARZT?! ...JA - WIR HABEN HIER EIN PROBLEM!
RD
Edgi 2022

WAHRLICH, SPRICHT DER HERR, NOCH HEUTE WIRST DU BEI MIR IM PARADIES SEIN!!
LUKAS 23:43
NA

HALT DIE KLAPPE!
2011
Neulich in der HERZCHIRURGIE

WOW!
DER LIVE-STREAM DEINER VIDEO-LARYNGOSKOPIE GEHT VOLL AB...

UND WANN GENAU SOLL ICH DIESES "DIÄT" EINNEHMEN - VOR ODER NACH DEM ESSEN ?!
tolk 2022

BESTEHT DENN NOCH HOFFNUNG ?!
IM SINNE DER ABRECHNUNG DURCHAUS...
tetk 2022

AH, DAS IST DER SPRINGER AUS SAAL 3 !!
tdl 2022

Viel mehr Cartoons auf

www.medi-learn.de/cartoons